가스페 블루스

Gaspé Blues

김준태 시집

가스페 블루스

초판 1쇄   2019년 06월 05일

지은이   김준태
발행인   김재홍
디자인   이가인
마케팅   이연실

발행처   도서출판 지식공감
브랜드   문학공감
등록번호   제396-2012-000018호
주소   경기도 고양시 일산동구 견달산로225번길 112
전화   02-3141-2700
팩스   02-322-3089
홈페이지   www.bookdaum.com

가격   10,000원
ISBN   979-11-5622-447-1 03810

CIP제어번호 CIP2019017057
이 도서의 국립중앙도서관 출판도서목록(CIP)은 서지정보유통지원시스템 홈페이지
(http://seoji.nl.go.kr)와 국가자료공동목록시스템(http://www.nl.go.kr/kolisnet)에서
이용하실 수 있습니다.

문학공감은 도서출판 지식공감의 인문교양 단행본 브랜드입니다.

김준태 시집

가스페 블루스

시인의 말

시간이 얼마 남지 않았다.

그래서 함께하는 그대들이 더 고맙다.

철모르고 쓴 시에는 여전히 미안한 마음이다.

때문이라도 좀 밝아져야겠다.

몇몇 얼굴이 생각난다.

가까이 지내며 표정 하나라도 배워야겠다.

시를 사는 게生 뭔지, 이제야 조금 알 듯하다.

살아내는 하루가 진짜를 향한 귀한 걸음이라는 것을.

서문
시인의 말   ··· 007

제1부

바다는 한마디 말도 없었다   ··· 014
눈물이 마르면   ··· 015
멀리 그 눈동자 바다로 지고   ··· 016
비 오는 마을의 오후 1   ··· 017
비 오는 마을의 오후 2   ··· 018
시집 내던 날   ··· 020
토함산 일출   ··· 022
섬진강에서   ··· 023
팔당의 저녁   ··· 024
팡아만에서의 생각   ··· 025
열망熱望   ··· 026
야간 비행   ··· 027
장충단 밤 1   ··· 028
포토샵 속의 겨울   ··· 029
사표 쓰던 날에게   ··· 030
피어슨 에어포트 21:10   ··· 032
일심一心   ··· 033

제2부

그 정자나무가 생각나요 ⋯ 036

스카브로에서 쓴 편지 ⋯ 037

댄포스에서 혼자 있다 ⋯ 039

몬트리올 가는 길 ⋯ 041

눈이 내린다 ⋯ 042

바람 불지 않는 가로수 밑 ⋯ 043

아들 3 ⋯ 044

아들 4 ⋯ 045

1주년 ⋯ 046

아내를 위한 발라드 ⋯ 048

밤낚시 ⋯ 050

산행 ⋯ 051

봄 봄 봄 ⋯ 052

겨울 상수리나무 1 ⋯ 053

겨울 상수리나무 2 ⋯ 054

겨울 상수리나무 3 ⋯ 056

또 다른 가을의 변주變奏 ⋯ 057

제3부

우중청음雨中淸音 ··· 060

천섬유정有情 ··· 061

공중유희空中遊戲 ··· 062

동면기 1 ··· 063

동면기 2 ··· 065

동면기 3 ··· 066

동면기 4 ··· 067

펌핑 1 ··· 068

펌핑 5 ··· 069

고드름 속에 박힌 물소리 ··· 071

덧칠한 그림 속에 떠다니는 생각 ··· 072

타탄체크 위의 뭉크 ··· 076

더딘 겨울 저녁 ··· 077

가스페 블루스 1 ··· 078

가스페 블루스 2 ··· 079

가스페 블루스 3 ··· 081

가스페 블루스 4 ··· 082

제4부

어떤 시혼詩魂 　　　　　　　　　　　　　 … 084

마을 사람들 1 　　　　　　　　　　　　　 … 086

마을 사람들 2 　　　　　　　　　　　　　 … 088

마을 사람들 3 　　　　　　　　　　　　　 … 090

마을 사람들 4 　　　　　　　　　　　　　 … 092

5월에 쓰는 편지 　　　　　　　　　　　　 … 094

주문진에서의 하루 　　　　　　　　　　　 … 095

(속) 우중청음雨中淸音 　　　　　　　　　 … 096

11월에 쓰는 편지 　　　　　　　　　　　 … 097

시 짓는 겨울 　　　　　　　　　　　　　 … 098

뉴튼브럭의 겨울 　　　　　　　　　　　 … 100

(속) 겨울 광시곡 　　　　　　　　　　　 … 102

꽃길 　　　　　　　　　　　　　　　　 … 104

아버지처럼 앉아본 물가 　　　　　　　 … 106

해설
토마스라는 주소, 낮고 쓸쓸한 음성, 그리고 준태 형 … 109

악보
아내를 위한 발라드 　　　　　　　　　　 … 125

제1부

바다는 한마디 말도 없었다

바다는 한마디 말도 없었다
다시는 돌아서지 않으리라
곧 사라질 것들을 위해 울지 않으리라
그 많은 다짐을 듣고도
바다는 죽은 듯이 눈을 감고 있었다
비 오는 낮에도
푸슬푸슬 눈이 내리는 겨울밤에도
굳어진 물감처럼
풀어질 줄 몰랐다
끝끝내 한마디 말도 없었다

눈물이 마르면

눈물이 마르면
흔들리는 뱃머리에 가 앉았다
외로운 사람은 어딜 가나
외로움만 만나는 법
그래서 터럭진 노을이
먼저 와 있었다
언제나 말없이 쓰러지던 바다
죽을듯한 외로움이 소매 긴 외투를 펄럭이며
다가오는 동안
나는 다만 아무 말없이
주머니 속에 넣어 온 손가락 마디만
하나둘 세면 되었다
그러면 희뿌연 섬들은 사라지지 않고
닿지 않는 그대 기억조차 떠오르며
제부도에선
새롭게 안개 눈물이 솟았다

멀리 그 눈동자 바다로 지고

멀리 그 눈동자 바다로 지고
부르튼 내 발은 땅속으로 묻혀 갔다
깊었던 만큼
흔들어 보내기도 어려웠을 테지
밤마다 바다를 부르며 숨져 가던 땅과
저만치서 와선
사라져 가던 바다의 입술
이름 모를 별 하나를 바라보면서
나는 무엇이 그리운지
벗어 놓은 헌 외투를 집어 들었다
떨어진 동전 한 닢
별똥처럼 소리 져 가는 어둠 속으로
하염없이 걷고 있었다

비 오는 마을의 오후 1

소나기 속에서 소나기에 젖지 못했다
외로운 방에서
더구나 외로운 시간을 붙잡지 못했다
나무 이파리들의 문득 침묵에
비로소 작별하는 소나기를 깨닫듯이
잠든 이마 위로 떨어진 메모 한 장이
내 무모한 시도의 끝이었다
오로지 나로서 나를 향해 가야 한다는
그 어느 날의 도착증을 나는 기억지 못한다
아스피린 두 알이 파 놓은 희미한 틈으로
누군가 그립다는 생각이 스친다
홀로 허공을 가르는 검은 독수리 같은
그러나 아무리 돌이켜도
모든 것은 반향反響에 의한 존재였음을…
눅눅한 호흡만이 밀착하고 있는 벽
버티칼 사이로
어디선가 본듯한 검푸른 그림자가 엿보고 있다

비 오는 마을의 오후 2

온종일 비가 내린다.
목 안은 칼칼하고 고양이 눈 같은
적막이 뼈에 서린다
사표를 내야겠다
흔적들에 대한 겸허한 수용을 다짐하며
마을 초입까지 걸어간다
보이는 것들에 대한 오랜 염려가
머리를 풀고 다가온다
죽을 만큼은 아니었지만
내겐 좀 더 명료한 발걸음이 필요했다고
드문드문 말을 건네 본다
잠시 침묵이 흐르고
흐르는 빗물 위에 시무룩한 얼굴이 떠내려간다

나는 부러진 우산을 고쳐 쓰며
푯말처럼 마을버스를 기다린다
기다리며 소리 없이 불러본다
안녕, 사람들아 한 때를 간직한 골목들아
언제나 나의 추론推論은 질금댔지만
하나의 몸짓이고 싶었다
내리는 비처럼 적시고 싶었다

시집 내던 날

그 헛간엔 여전한 눈빛 있었네
내 외로움의 맞은편
그만큼만 떨며 짓던 거미줄 한 폭 찾아와
좁은 틈새,
벌레 한 마리로 나는 울었네
갈 데 몰라 서성이는 내 어린 시들이여
마른 머리칼 버석거리며
나부낄 그 무엇을 위해
너희는 바람 앞에 흔들리는가
혀끝 타는 핏빛 아림도 없이
허전한 인식 속에 벌써 새벽은 오고
한 세월,
입 맞추던 어둠은 가릴 몸 없이 사라져 가는데

벗겨 낸 등껍질의 쓸쓸함이여
자기 허상虛像의 가운데를 쥐고
쓰러져 누운 전신주의 어디쯤
풀꽃 같은 내 쓰라린 명분은 있을까
쓰고 나면 더욱 외로운 시,
긴 더듬이 어둠 속을 찾아와 나는 울었네

토함산 일출

아파야 피는 새벽 안개가 있었네
갈라진 숨을 내쉬며
바람 앞서 흔들리던
풀꽃들의 조짐도 함께 피었네
정녕 지고 나서야
떨기 지듯 몸 익는 구애의 입술을 가지나니
우리 살아온 듯이
제 빛살에 겨운 피 앓음 끝에서야
척척히 젖어 드는 하늘과 땅
솟구치는 불길 저 불길 속
짧은 입맞춤에 실리는 영혼의 무게를 보았네
눈부심으로 이어져 이내
스스로들은 그 품의 넓이를 알아차리고
살며시 고개 들어 금빛 머리칼을 흔드노니
소리 없이 소리지는
눈꽃 같은 화해의 목소릴 들었네

섬진강에서

휑하니 비켜 낸 하늘
만큼이나
땅 위로 흐르는 목숨입니다
살아온 거겠지요
모습 그대로 알맞은 삶을 흘러왔을 테지요
더도 없이
덜도 없이
생겨난 가슴 그대로 살아가는 겁니다
실 한 올
보이지도 않던 물줄기로 떠나
질펀한 남해로
남해 바다로
펄 적시며 찾아가는 겁니다
있었음 직한 모든 사연 다
품은 채
섬진강 한 줄기만 닮아
말없이 흐르며
오늘을 속 깊이 지나가는 겁니다

팔당의 저녁

갈대는 아직도 흔들리는가

믿어지지 않아

자꾸 씻어내는 생각

떨기마다 칼 진 상처만 핥고 있는데

에메랄드 살빛 물결

가득히

흰 겨울이 남은

그래서 더 깊기만 한 호숫가

산다는 건

빠져도 빠져도 발끝 닿지 않는

허망한 전설의 늪이거늘

검붉은 망각의 머리채를 풀어내고도

부패하지 못하는

한 마리, 이름 모를 물새의 시신

가시지 못하는 이 모진 가슴도 갈 곳이 없어

홀로 팔당만 어두워지건만

갈대는 아직도 흔들리는가

정녕 인연이란 죽기보다 어려운 신탁

팡아만*에서의 생각

해초의 비린내로 머리 푼 그대
인도차이나 인도차이나

깊은 곳에 숨겨 놓은
비늘 하얀 물뱀의 이야기가 있으니
한 자락 스콜*이 오고
오랜 물과 물이 만나 방울을 일으키면
깨어짐 마다 녹회색 전설을 빚어
하늘 이무기의 꿈을 얘기하느니
강 위에서 살아온 모든 것이
강 위에서 사랑하며 떠나보낸 숱한 기억들이
소리 없이 날아드는 독수리의 날개 끝에
살결에 닿아 오는 눅눅한 바람 속에
가도 가도 끝이 없는 탁류 위에
아무리 눈 감아도 홀로 숨 쉬는 그 무엇 있으니

인도차이나 인도차이나
슬몃슬몃 하염없이 흘러가는 그대

---

* 팡아만(Phang-Nga Bay): 태국의 지명
* 스콜(squall): 열대의 갑작스러운 소나기

열망熱望

단지 30초간의 호흡이어도
난, 나로서 살고 싶었다
최소한의 고유 저항치를 지닌 열선熱線의 침묵으로
온몸을 흐르고 가는
내 사는 세상과 내 하나의 사람을
겨울을 덮어 내리는
파이프 오르간의 두꺼운 음률에 묻혀
어느 한순간 끊어질 필라멘트의 냉엄한 종말을 이미 아는
그 눈빛으로,
바라보고픈 하루였다
쓸쓸한 기억들을 버무려 둔 채
가는 길마다
황토 짙고 어질어질 걸어왔듯이
결국은 치열한,
치열한 나의 소리가 되어야 했다

야간 비행

고도를 낮추고 땅거미처럼
파고들어야지
헐거울수록 여며진 숨소리가 그리워
시를 썼다면
터보 프로펠러는 더 작게 작게
이륙은 한순간
마지막 입맞춤의 기억같이
검은 고무 타이어의 흔적만 깊게
남아 은밀히 눈짓하듯이
위해 흔들리는 것들을 태워야지
점멸등 두근대는 활주로 따라
숨죽여야지
날아야 할 하늘 그 아래서

장충단 밤 1

가던 길 생각이 안 난다
아무것도
가야 할 길 보이지 않는다
아무것도 없는 세상,
문득 나를 터니
꽃 나방 부스러진 가루
서걱서걱 손끝에 묻는 밤,
그림자 한 가닥
언덕길을 걷고 있다

포토샵* 속의 겨울

밤 고양이 담을 넘고
나는 끝닿지 않는 어둠 속에 잠긴다
세기말 거리엔
은빛 밀레니엄 텍스트들이 휘날리는데
어제의 궁핍만이 짙게 깔리는
폐칩廢蟄 일기,
떠날 수 없는 탈출만 무성하다
있기는 한 걸까
한 번쯤 자유로운 목숨이 되는 일은
남길 단, 한편의 시는…
클릭 될 수 없는 내일을 향해
밤새도록 쏟아붓는
에보니 블랙*
푸른 의식의 반전은
디스플레이 속에서만 맴돌 뿐
자꾸만 위독해지는 겨울밤
나는 완벽한 무채색이 되어간다

---

* 포토샵(Photoshop): 컴퓨터 그래픽 프로그램의 일종
* 에보니 블랙(ebony black): 검은 색상의 명칭

사표 쓰던 날에게

퇴근길에 꽃을 샀다
붉은 장미와 몽우리 진 프리지어
겨우내 낯 익힌
또 다른 발그림자도 함께
셀룰로이드 투명 껍질로 안았다
어쩌냐
속없이 편지 쓰고 싶은 걸
사표 쓰던 날에게
휘휘한 눈발 속에 두고 온 이름에
아직 미안한 마음만 가득한데
황사 바람 텁텁한 저녁
훔치듯 코끝에 향기도 묻혔다

사는 만큼의 슬프고도 아름다운 방황
돌고 목마는 돌고
담아 둘 수 없는 삶의 여울목
마음 깔깔하게 빗고 살자
그렇게 살다가 죽자
아침부터 참던 목젖 끈끈해져
한 움큼 꽃을 샀다

피어슨 에어포트* 21:10

막다른 골목길 담벼락 밑에서
죽도록 그대 하나 추억할 줄 알았다
그 눈먼 발걸음이
낯선 불빛 자욱한 땅끝에
몸을 털고 사라진다
아느냐, 물길 거센 흐름의 한복판
또 다른 발길질을 따라
이제 막 닿았다는 것
피차에 숨죽여 바란다는 것은
다시 태어나 만나기보다 모진 일
가거라, 온 만큼 너도 가거라
아무도 볼 수 없는 보임은
존재하는 내 목숨의 꽃잔등
네가 너로 내가 나로
우리 공존의 시간이 결별하는 거구나
그렇게 다만 한가지
자기 불꽃들을 향해 가는 거구나

---

* 피어슨 에어포트(Pearson Airport): 토론토 국제공항

일심一心

지어진 대로
온 힘을 다해 몸짓하는
바람 들녘의 야생화.

한 떨기 엉김 속에 이는
참, 아름다운 거
참, 자유로운 거.

평생을 바라며
날마다 새기는
한마음 한목숨.

제2부

그 정자나무가 생각나요

어머니, 당신 우시던 그 정자나무가 생각나요. 여기는 집마다 뜨락 가득 아름드리, 그러나 그 등걸 휘감긴 얘기는 없지요. 부러 아프지는 않아서 하루 이틀 쓸쓸한 날만 참으면 다 괜찮아요. 다시 그림을 그릴 수 있을 것 같네요. 외봉 낚싯바늘에 하늘이 걸린, 어머니, 그 정자나무 가지 위 초승달이 빛나요. 나는 갈기 하얀 늑대로 모두 삼킨 채, 이제 겨울로 가요. 청유리병 속 달빛 한 줌으로 깊어지는 숲속. 잠들러 간 눈, 흰 눈 찾아 당신한테 다가가지요. 개암나무 잎사귀 바스락 대면 사이사이 그림자로 눈물 솟는 나의 어머니. 그러나 빛나는 추락은 언제나 더 높은 곳에 있는 예감. 교교한 울음은 아직 이르지요. 여린 겨울 다 부러지고 우뚝우뚝 칼바람 내 안에 눈 내리면 어머니. 곧추선 털끝마다 뜨거워 몸 뜨거워 허물 벗는, 그 정자나무 아래쯤에 서 있을게요.

스카브로*에서 쓴 편지

1.

아직도 창밖은 근엄하다. 낡은 가죽 잠바는 한쪽 팔을
접고 쓰러진 침묵을 참고 있다. 아무리 웅크려도 떨어진
오줌 방울보다 단단치 못한 믿음. 아니 처음부터 굴곡진
불안을 어쩌진 못했다. 생각은 곧 추억을 흔들고 파랗게
질려 있는 내면을 꺼낸다. 스스로 이끌어 온 확신이란
얼마나 앙상한 그림자에 불과한가. 나는 벌써 내 안에서
죽어가고 있다.

2.

중심을 관통해 온 모든 경로에 대한 고찰은 이내 축 늘
어진다. 죽도록 걸어왔으나 나는 아직도 그곳에 있을 뿐.
언제나 외곽만을 따라 도는 보이지 않는 어둠의 파편일
뿐. 낯익은 물상들이 재빨리 자기 몸짓을 두르면 나는
서둘러 돌아와야 한다. 가늘고 흐린 습관의 들창마다
단단하게 못질 된 목판화 속. 나의 응시에 대한 어떤 처
방전도 이미 그 용법을 잃었다.

3.

무료함이 천천히 다가간다. 종잇장 같은 눈동자를 고립의 틈 사이로 끼우며 스스로 밀폐된 인식의 벽 속에 갇힌다. 한순간, 오로라같이 빛나는 흑조黑鳥들의 갈퀴질. 그들은 나의 응시 앞에서 또 다른 나의 침묵을 파헤치고 있지 않으냐. 다시금 나는 무중력의 한 가운데, 새로운 불연속면不連續面이 된다.

4.

얼마나 오랜 풀씨, 얼마큼 많은 새인가를 또한 나도 상관치 못한다. 질문은 얼마나 엄연한 답변인지, 이미 시작에 대한 모든 것들을 거부하지 않는가. 검은 새들이 실상은 빛나는 초록의 깃털도 함께 가진다는 새로운 터득의 뒷주머니를 만들어 달 뿐. 나의 낡은 잠바 한쪽 팔은 떠나온 길만큼 접혀 있을 것이다. 시간의 점철로도 이 공간의 아득함은 해결의 기미를 보이지 않는다. 창밖에는 벌써 얼음 살이 낀다.

---

* 스카브로(Scarboroug): 토론토 동부 지명

댄포스*에서 혼자 있다

자꾸 정신을 잃는다
기억이 빠져나간 아침이 또 한주먹 파여 있다
지문地文 없는 표정으로
하루는 다시 와서
채 자리 잡지 못한 소품을 세는 것이다
어둠 속에서도
쉼 없이 찌그럭대는 계단,
그러나 괴로울 만큼
내 인생에 대한 자각이 전부는 아니었다
착란의 간격을 오가며
다만 한 껍질씩 나는 벗겨져 왔을 뿐,
내 마음에 내가 앉았으니
어디에 서 있든 나의 빈터는 고요해야 한다

전체를 내보여주는

벽 속의 작은 틈으로

인식의 마른기침이 되어야 한다

겨울나무로 발 벗은 채

눈발 속의 순환 버스를 기다리고 있는

이 순간에도

---

* 댄포스(Danforth): 토론토 지명

몬트리올* 가는 길

떠날 시간은 아직
잿빛 아침에 묶여 있는데
벌써 벌판을 지나 끝닿고 있는 생각
참을 수 없는 울음만으로 뜨거워진
겨울 차창엔
타다만 결의가 성에 껴온다
언제나 이동 중에만 명료해지는
불안한 나의 처소
이쯤과 저쯤 사이
뜯긴 마음 좌표 위,
하늘엔 금방이라도 쏟아질 것 같은
위태로운 구름
초췌한 의식은 낡은 하모니카 음계처럼
끊어진 초침 사이를 엿보는데
무표정한 차표 한 장
식은 커피 속에 혀를 담그고 있다

---

* 몬트리올(Montreal): 캐나다 퀘벡주 도시명

눈이 내린다

눈은 내리고
생각은 밟히지 않는다
소리는 crunch~ crunch~
내 마음 눈밭에서
처음 편지를 쓴다.
망설이지 않고
첫 줄을 쓸 수 있는 용기는
아무래도 없고
다만 나는 그립다
그렇게 적는다
우표를 붙이면
두고 온 골목길
잘 있느냐 인사가 되겠느냐
눈이 내린다

바람 불지 않는 가로수 밑

할 일도 없는데
자꾸 외로워진다

이파리
익지도 않은 초록만 떨구는 거리

누구
똑똑,
하이힐로 걸어가라

일하고 싶다
사랑하고 싶다

아들 3

여기를 오면 늘 네 생각이 난다, 아들아
U of T*의 젊은이들을 보면
내 아들, 한빈漢彬
이름이 또 쓰고 싶어진다, 아들아
너를 위해서
'몸 푸는 가재가 되리라'던 다짐이
또 새로워지는 하루다
힘차고 넉넉한 하늘과 땅과 물의 도시
토론토에서,
'아브라함의 이주'를 자주 되뇌어 보는 것은
스스로 바라보는 거울만 같다

하나님께 감사드린다

---

* U of T(University of Toronto): 토론토에 있는 대학

아들 4

열일곱 번째 생일,
축하한다.
생각자면
지금도 그 날의 첫 만남
차라리 혼돈이던
그 느낌이 물 묻는다.
건강하고
멋진 사내로 커 줘서 고맙다.
넓은 땅
바람 싱싱한 이곳에서
더 '한빈(漢彬)' 되어라.
너는 내 목숨 찬란해지는
흔들림의 중심.
사랑한다
아들아.

1주년

잃은 것을 찾고
잃을 것을 잃자고
왔다.
낯선 하늘과 바람
땅 검은,
에바 로드*의 마을엔
아직
늦은 겨울비.
얼마나 잃고
얼마큼 찾았을까
창밖에 물 번진다.

......

아들과 아내
같이 있으니
되었다

종일토록 땀 흘려 일하니
되었다.
마음의 향방
나침반을 잃으면
가자던
북쪽 바다, 바다 그 끝.
내 마음에
내가 있으니
되었다 잘 되었다.

---

* 에바 로드(Eva Road): 토론토 서부 지명

아내를 위한 발라드

그대는 한 송이, 유월의 장미로 피어라

그 어느 바람
허튼 나부낌에도 입술 마르잖는
한 숨결
겹겹이 머금은 심혼深魂의 향기여

지으신 임마저 그 가슴 벅차
너만 두고
너만 두고
한 송이 장미라 이름 지었어라

꽃잎아, 가시넝쿨 거침없이 피어난
바르르 꽃잎아

거만한 유월의 태양도
차마 너를 탐치 못해
저녁노을엔 구름만 물들이다 지누나

벗겨도 벗겨도 지우지 못할
너, 살 깊은 생명의 아름다움이여
네 앞에 서면
아득히 스러지는 내 가슴이노니

그대는 오직 한 송이,
내 마지막 떨리는 장미로 피어라

밤낚시

숨소리 끝을 보는 것
불의 숨.
바람의 숨.
물결의 숨.
일렁이다 지는 노을
그 울림의 한가운데에
닿는 것.
아직껏 남은
틈 사이
호사스러운 아픔마다 이별하며
다시 깜깜한 마음으로
살 박혀 들어간
수심水心.
줄 하나로
보이지 않는 확연함을
새벽 안갯속에 묻는 것.

산행

마른 바람 끝에 매달린
떡갈나무 잎 하나 되는 것
축복처럼
서릿발 선 다음 날
쌓여 하얗게 사위어 간
그 진액의 의미를 감사하는 것
혼자로서
감당할 모든 무게를
비로소 아는 듯
슬며시 떠나 온 산행길에
모든 것이 그리워
하늘 보다
웃지도 울지도 못해
다리 털며 내려서는 것

봄 봄 봄

멎을 곳을 찾고
마름질 다한 마음만으로
발을 벗는다
세상 가득한 봄볕아
목 긴 민들레야
네가 또 오면
생전에 보지 못할 무아천지無我天地
눈이 아린데
여기서 더는
추락할 수 없는 그 이유를
너는 알겠느냐
얼마나 쩨쩨하게
담배 피우는지
없는 빈방을 허공 중에
그리는지
절름발이 시인의 가슴엔
노란 가래 꽃
소리 없는 기침만 무성하다

겨울 상수리나무 1

배가 고프니
어두운 정신에 별이 뜬다.
울 곳을 찾지 않고
통곡할 수 있는 마음 벌판,
몇 줄의 겨울 시를 쓰다가
생각한다.
나, 살아 무엇을 했나
나, 살아 무엇을 하나
신분의 수직 하강 끝에
헐렁해진 의식의 바지 한 벌.
줄여 입고 나선 길이
오늘따라 멀다.
참으로 살아는 보았던가
참으로 사랑은 해봤던가
게으른 휘파람.
녹색 지붕 다락방 위로 첫눈 내리고
물을 길 없는 안부.
빈방 하나가
소리 없이 겨울을 연다.

겨울 상수리나무 2

내가 어디 있는가
어디 있는가
청설모 한 마리 지나간 흔적.
내 안의 네가 말했다.
시대의 유랑은 끝이 없으니
새로운 새로움이란 없다.
탈색된 무채색을 호흡하고
두 손 가득 쥐어지지 않는
정표를 쥐고.
있었던 것들의 행렬이 가끔
완전치 않은 시간 속에서 깨어 두리번거리는
몇 컷의 단절.

몸이 웅크리고 있는 동안
공허한 정신이 하늘을 날기도 하는
작고 음습한 지붕 밑이구나.
너도 몰래
숨겨 온 겨울 연가는 갈 곳이 없고
방향 없이 분산되는 이 그리움
이 괴로움.
빗장 없는 고독이 깊어만 간다.

겨울 상수리나무 3

연사흘 눈발 끝에 조록—조록— 참았던 오줌발을 묻고. 하늘을 보니 새파란 얼음별이 쌩—쌩—. 하이웨이 427 목울음 넘실대는 저 다리 건너 오늘은. 기어코 서너 잔의 화주火酒를 엄마가 섬 그늘에— 같은 동요를. 마셔야겠다 사랑하여 죽도록 미워하여 체기 가득해진 기도여. 들녘을 내어주마 실성한 마음이 달려나간 피 엉겅퀴 덤불 속을 송두리째. 그리고 말 없는 너야, 돌무더기 저 아래 착착— 뿌리내린 너의 눈물에도 화사한 자줏빛 피어싱*을. 그대로 그대로 그대로. 나는 이렇게 근지러운 욕망이다 때론 한없이 각혈하던 정신. 몸 벗은 육상과 심상이 서로를 흘기는 날엔 기도도 말고 눈물도 말고. 홀로 잠든 상수리나무를 한 바퀴 돌아 나직이 아주 나직이. 불 꺼진 들창 앞 휘이— 쓸려가는 겨울 시 같이.

---

* 피어싱(piercing): 몸 일부에 구멍을 뚫어 장신구를 다는 일

또 다른 가을의 변주變奏

해거름 공원 벤치,
커피 한 잔으로 허심虛心을 가리는데
더 한 허공을 지우며 내리는
낙엽 한 장.
굼뜬 정신에 실바람이 인다.
보자, 어디서 온 삶이더냐
엉겅퀴 가득한 여름 벌판을 지나 이제
막 도착한 낯선 외로움 같은.
아하, 다르지 않으니
침묵이 익어 온 마음에 퍼질 때
비로소 홀로 됨에
목숨의 중심을 놓으라는 거구나.

다 비워 꽉 채우는

무심한 그림자의 찬란한 생기.

저기, 하늘 첨탑은 또다시 동록銅綠을

호흡한다. 소리 없는 잎새여.

오르내리던 그 꼭대기 내밀한 숨결을 쥐고

마른 잎맥으로 두드린 나의 혈맥엔

어느새 저만치 두터운 겨울.

램프를 꺼내야지

몇 줄의 시를 더하고

그리하여 밖으론 흰 눈이 펄펄 날리고

안으론 끝없는 생애의 변주가

살며 사랑하는 범부의 기도가.

제3부

우중청음雨中淸音

다닥다닥/지붕들은 종일 비에 씻겨가고/항구점등恒久點燈
/생존의 모니터 위엔/쉼 없는 통신문의 줄 얼룩/마음은
잠시 실종/뜯어 놓은 시간의 형틀만 저 혼자/재깍재깍/
오늘만 지나면 내일만 새면…

천섬유정有情

먹구름 아래
물 터진 장대비 속에 피어나는
들판의 야성.
생명의 함성.
그리하여 몸 실은 유람선,
흔들리는 오후엔
제힘을 못 견뎌 떠도는 몽유의 손짓.
살자.
사랑하자.
속 터진 마음 안에 일렁이는
인식의 시동.
감성의 확인.

지금 물 위에 섬은 천 개
마음에 생각은 하나.

공중유희空中遊戲

떠나온그자리에다시돌아오다시린무릎을달래며간헐적으로기침하는전구빛에손가락을넣다공복의위장이뒤트는허공중허공변기의목젖이쇳소리를내며머리카락한올을빨아마신다한줌세월한품사랑의에필로그끝없는변이變異변위變位변의變意떨어질수없는고공의고착점에서추락을꿈꾸는이탈의한계내가한사랑이그렇다내가산삶이그또한기도만큼술을마신골방의기억에다시묻히다어디일까누구일까무엇일까창밖엔분간없는어둠뭉터기진바람소리속에점멸하는항공기의표시등하나

동면기 1

그리하여 침체의 기원은/스스로 견디지 못하는 자의自意
/그 비슷한 자위自慰/둥그렇게 모여 서서/애초에 없던 출
구를 바라보는/공동의 마스터베이션

아버지는 지금 벌판을 걷고 계시네/이어져 끝없던 사랑
과 그만한 미움 같은/벌판을 지나 벌판의 끝을 향해/흑
백 사진 속을 걸어 나오시다가 다시 두리번/머리뼈가 하
얗게 드러난 채로/셈 없는 혼돈의 안온 속으로 또 깊이

내 벌판의 한중간에도/꺼지지 않는 불명 코드가 방향
없는 방출을/지금을 전하면 친구 자네는 어찌시려나/우
리 깊어 온 우물마다/구름이 약간 흐르다 지쳐 앉고/달
팽이가 느릿느릿/등판에 얼룩이 새파란 해일의 씨앗이/
시대를 간직한 동판의 부조로 떠오르네/친구 나는 어찌
시려나

저 눈밭에 콱/달빛보다 더 차가운 심心빛에 박혀/한 모
금만이라도 진짜로/진짜로 살고 진짜로 죽는/아버지는
이젠 아실까/흑백 가족사진 속에서 어질어질 걸어 나오
시다/말하려다 말고 손짓으로 부점을 찍는/아버지가 아
버지가 꿈에 자꾸 어른거리네

동면기 2

사방 눈 천지인데/또 한바탕 소낙눈을 더 한다 하네/마음은 어찌 되었을까 그 마음은/더 갈 수 없는 몸엔 마비가 내리고/감추지 않을 벌판엔 오늘 하늘이 내리네/하냥 떠나 왔던 것은 떠나지 않을 중심을 보려던 것/성성한 겨울의 심중을 뚫고/누가 부른 피리 소리가 저처럼 말갛게 파랗게 차갑게/이제 더 북쪽으로 가지 않겠네 이 마음/어디서든 멈추기로 멈출 이 목숨/그리하여 골목길은 막 돌다 끊어진 그대로/쓰지 않은 일기만이 또렷이 나직이 끝없이

동면기 3

그렇게 있었던 거지/그 집 앞 도로변엔 노란 소화전이/
몸 박은 대지엔 어느 겨를에 핀 겨울 초록/아니 죽지 않
은 풀잎이/경계를 따라 일부는 죽고 일부는 살고/그렇
게 있었던 거야/어둠이 발끝을 모으는 대로 하얀빛이/두
레박질 끝에선 매달린 추락이 더 먼저/콰—앙 하며 수심
水心에 눈물을 떨구는 일이/그렇게 있는 거야/방향 없이
휘몰려 가는 저 눈발도/큰 입술 속 끝없는 맴돌이의 속
심이 되는 일이/홀로 돌아앉아 마음을 분지르고 생각을
갈라도/삶의 애증은 마지막 생체의 교각/그렇게 있을 거
야/얼굴 없는 표정들만 가득했던 빈방은/겨울 안개 가득
한 나무 의자 엇갈린 윤곽 같은.

동면기 4

내안과밖이얇아지다가얇아지다가마침내한줄기바람이빈
방에입을맞추면사그락사그락진명盡命의면포綿布한장나는
다만한줌마음만꾸리리하늘에걸린닻줄을풀고떠나가는허
허바다실재와부재의경계선마다들끓던초혼招魂의흰파도
여나는뭉뚱정신만으로알수없는분명함의풍력에기대어얼
굴없는나를놓으리수줍은분홍꼭지살깊은곳에들이박힌내
시詩여사랑이여새벽알몸으로피어들던나의토르소이제더
는깨물수가없겠네소리없는뱃고동한줄기어디선가본듯한
눈시린그물로휘덮여오면누웠던내마음금세알아차리리겨
울산촌푸른저녁연기그속에착착배인우울했던날들의칼잎
들을함께했던이름들을아아비로소보이는그끝의명료함을.

펌핑 1

- 키모 -

몸이 가엾어지고 마음에 새싹이 나더군. 주변엔 직선 몇
가닥과 까칠한 곡선 조금이 전부였지만. 그랬네 그 창가
에선, 휘장 없는 기억에 마른 연필 끝을 갖다 대면. 꽂
아 두고 온 그림자마다 푸시시 몸을 일으키고 나는 또
한 움큼, 시간의 갈기를 거머쥘 수 있었지. 허튼 술잔 같
은 거 말고 좁다란 골목길 젖은 연민이나 회한 같은 거
말고. 가끔 꺼내 보던 실성한 마음의 틈. 비상과 추락이
함께 쓰러지며 허물던 그 빈방의 육성을 따라. 키모* 칵
테일을 부었어 침묵으로 무장한 인식의 육질에. 목덜미
긴 오후가 우물쭈물 옷을 벗고 눕기에 아예 속단추를
뜯어 버렸지. 돌아가지 말자 다시는 거죽만 남은 울음으
로 살지 말자. 보이지 않는 숲속의 바람이 불었어. 온종
일 옆구리에선 네모진 펌프가 세차게 울어옛어. 열린 혈
관마다 말간 시냇물이 흘러가고 있더군. 끝없이 끝도 없
이 쿨-럭쿨-럭.

---

* 키모(chemotherapy): 화학 요법

펌핑 5

흰 장미가 예쁘다. 거름 한 포대 풀어 준다. 맨발 사이로
지렁이가 한 마리, 흙 속에 숨을 토한다.
"뿌리째 사랑해라. 아들아".

하늘 목덜미가 말갛게 스친다. 서너 번 벨이 울리고, 바
람 끝에 매달린 끈처럼 어머니가 부르신다.
"네, 잘 지내요. 어머닌요?".

불 속으로 사라져 가신 아버진, 꿈속으로만 찾아오신다.
허리 병이 여전하신지 무척 바쁘시다.
"아버지, 조금만 더 쉬었다 가세요".

유리창 너머 아내가 손짓한다. 점심 준비 끝. 부엌 물소리가 맑다. 맑은 그 끝엔 언제나 그대가 있다.
"고마워요. 지켜줘서".

손바닥만 한 그늘을 고른다. 토기 분 서너 개를 누이며, 물수건으로 둘러 닦는다. 닦인 마음이 부른다.
"하나님, 하나님. 나의 하나님".

고드름 속에 박힌 물소리

통로 없는 마음인 줄은 알았지. 눈꽃들이 에워싸도 태연히 돌아앉아 벽 줄기만 매다는 모습을 보고. 갈 곳 없는 마음인 줄도 알았어. 손바닥에 얼굴을 묻고 밤새워 기도만 하는. 오랜 숨을 물고 온 거야 질투 모르는 착한 광물을 꿈꾸며. 단단해지자 홀로 맑을 수 있는 정신이 되자 그렇게 꾹꾹 눌러 적으며. 찾아온 거지 이곳 들뜬 시만 꼬드기는 허튼 움막에. 소리 없이 소리 짓는 시심詩心을 보라고. 어느 한 순간을 향해 깊어가는 시선視線의 무게를 보라고. 깨쳐 일어나 창밖을 보면 여전히 그 자리 그 음성. 얼음 속에 담긴 뜨거운 목소리인 줄을 알았지.

덧칠한 그림 속에 떠다니는 생각

1.

나는 자주 악마였고 이따금 천사였으며 그렇게 늘 나였
다. 변하지 않는 밑그림 위엔 섣부른 목탄의 얼룩만 가
득가득. 믿은 게 무언가 심중에 새겨 바라볼 것은 그 무
엇인가. 가늘 수 없는 마음만 오래 뒤척였다.

기울어진전봇대끝걸린초생달아래기침소리젖은빨래줄꽁
꽁언명태찌게타는냄새묻은손톱떨어진흙밭위에장미꺾는
여자뒤로남자머리칼붙인수첩속에찌그러진눈.

2.

가출은 잠재울 길 없는 나의 불안을 이끌었다. 아무리
눌러 삼켜도 금세 차오르던 누설의 유혹. 끝없이 손짓했
으나 기도했으나 허물 수 없던 외계의 무정함. 나는 오래
믿어 온 신화를 걷어차며 문을 나섰다.

정염의소금불타는데킬라젖은입술뒤로자주빛커튼무거운
벽위에검은모자떨어지는소리더블베이스옆에크리넥스한
통뜯다만나무연필부러진끝에드리짓뭉개진시.

3.

빈방 걸쇠를 걸며 수십 번도 더 못질을 했다. 떠나지 못한 모든 마음에 돌아오지 못한 모든 기도에. 나는 나를 모르므로 애당초 그랬으므로. 아버지의 치매 속에 함께 머물며 물었다. 이젠 아시나요 진짜로 살고 진짜로 죽는 길을.

항공기창너머긴활주로들판따라마을그림한장물젖은셔츠 펄럭이는소학교운동장깃발아래채송화밭터지는꽃소리가 까운곳화장장울럭울럭불타오르던아버지의몸.

4.

배를 가르던 날 두고 온 마음들도 갈랐는지. 문득문득
낯선 내가 찾아와 말을 걸었다. 이제 평안하냐 감사하냐.
웃었다 스스로 터져 우는 실상實像인데 바람 한 점 매달
수 없는 허공인데. 가만히 돌아와 지면誌面 없는 시를 다
시 썼다.

도토리한알옆개똥한토막위로뜨거운햇볕마른풀섶바람아
버지냄새담은올드스페이스흰병나란히푸른유리사진액자
속에웃을듯말듯아내동그란얼굴옆에아들과나.

타탄체크 위의 뭉크

태워야 한다 뜨거워 몸 벗는 촛불 속 심지로. 네 안에
웅크린 가늘고 시린 적막의 꼭지를. 여전히 깊고 무거운
방房, 떨쳐지지 않는 벽 그림자 속에 잉태된 무거운 응시
를. 밝혀야 한다 진짜로 죽은 아버지가 홀로 보셨을 그
눈동자를. 열수록 안으로만 닫히던 문, 녹슨 기도를 펄
럭이며 행진하던 무지한 신념을. 꺼내야 한다 돌아와 벽
에 장미 한 송이 힘주어 새기던 오후를. 우연이란 얼마
나 치밀한 궁리였던가 무서워 다시 무서워 가위눌리던
가슴을. 그려야 한다 떨어지는 발끝에 감도는 이상한 간
지러움의 희열을. 죽음이 어찌 돌아와 살아있는 너와 마
주 보는지, 고리삭은 조바심 위로 단번에 그어낸 거대
한 사선斜線 하나를. 써내야 한다 마지막 호흡이듯 새파
란 날 끝에 혀를 감고. 실성한 목숨의 편린들이 어찌 한
줄의 띠를 잇는지. 어떻게 하나의 힘으로 다시 피어나
는지. 온몸으로 온 마음으로 아파라 그리하여 또 일어
나 살아라. 마음 외등 꺼지고 희끈대는 시 한 줄에 걸려
뒤척이는 밤. 낡은 탁자 타탄체크 위, 팔뼈가 있는 자화
상* 속의 그가 말했다.

---

* 팔뼈가 있는 자화상: 노르웨이 화가 뭉크의 작품명

더딘 겨울 저녁

종일 마른 가지에 매화를 그렸다. 뭉텅 빠진 기억처럼 깜박이다 꺼지는 낮은 천장 허름한 불빛. 살긴 내가 살아왔는데 자꾸만 낯설다 이 삶이. 창유리에 붙여둔 그림엽서 하나가 툭 떨어진다. 달러 샵에서 사온 스카치테이프는 늘 저 모양. 저밖에 몰랐으므로 시詩도 저 혼자 어디론가 갈 텐데. 갈 곳 없어 동토凍土에 던져둔 마음만 이리저리. 하실 수 있다면 마저 바꾸소서 다신 그립지 않게 또 버려져도 밉지 않게. 어눌한 기도에 부쳐보는 변방의 겨울 어스름. 아닌 척 모른 척 부스스 머리칼을 가르며 마지막 한 송이를 더했다. 먹청색 겨울 발톱이 창틀에 가득하다 이젠 집에 돌아갈 시간. 찰─칵, 노트북 닫히는 소리만 한번 짧게 울렸다.

가스페* 블루스 1

바람으로 듣고 물결로 보는 거지. 떠나지 않는 생각이란 그런 거 마음에 포구 하나 짓는 거. 닿아도 갈 수 없는 저기 저 물바다, 깜깜 심해心海에 두고 온 물꼬리 한줄기. 배는 한쪽에 묶여 온몸을 흔들고 사람은 기억 하나에 감겨 온 삶을 흔드네. 흔들리는 그대여, 밤새 떨고선 외등 푸른 불빛이여. 맨살 갯바위에 이슬 피면 멎겠나 한소끔 해일 일어주면 되겠나. 흔들지 않아도 흔들릴 목숨, 한 번의 짧고 마디진 탄식이 송두리째 가지고 갈 밤, 한밤. 바람에 묻고 물결에 덮는 거지. 마르지 않는 기도란 그런 거 숨 붙은 몸에 외등 하나 켜는 거.

---

* Gaspé: 캐나다 동부(대서양) 지역

가스페 블루스 2

하늘 품은 바다
바다 품은 하늘,
사이로
터벅 걸음을 옮기며

생각을 하지
읽히지 않는 시를 나는 왜 쓰나
왜 살아내나
돌멩이 하나 냅다 지르지

그러네,
풍덩 소리도 없이
사라질
그 오랜 지랄

몸 풀지 못한 너울이
물고 온 해초
한 더미,
비릿한 속내를 들추다가

또, 기도를 하지
쓸 수 없는 밤이 오면
나는 없지
온 우주가 다 없는 거지

가스페 블루스 3

오늘 바다에 와서 나, 우네. 시퍼레서 너무 깊어서. 실연기失戀記 푸른 봉인 위에 입을 맞추며. 불러 보네, 빈 방에 두고 온 마음아 곱사등이 사랑아. 가을이 벌써 몇 번, 눈 퍼붓는 겨울은 또 몇 번. 눈 감으면 사방 은밀해지고 너만 오롯할 줄 알았는데. 내 사는 허허벌판엔 온종일 망각의 바람만 불어. 잊고 살았네 방향 없이 헤실바실 걸었네. 비밀이 사라진 목숨이란 참 이상도 하지. 보아도 보이지 않고 들어도 들리질 않아. 낙엽은 저물도록 혼자 맴돌다 멎고. 표정 없는 눈발만 겨우내 펄펄. 어지러워 자꾸 어지러워 달려온 바다. 파도 텅텅 울리는 바람 절벽에 서서. 오늘 나, 시를 쓰네 기도를 하네. 살자 다시 목놓아 펑펑 울자. 눈을 들어 바라보니 쪽빛 하늘, 검은 해안에 살포시 너울지고 있네.

가스페 블루스 4

먹청색 새벽 어스름이 걷힐 때. 가마우지는 어느새 바다 가운데로 갈퀴져 가고. 밤새 야영장을 지키던 알전구 하나. 파르르 떨림을 거두네.

시푸른 아침 너울 위의 은밀한 암전暗轉. 받고 넘겨주는 일이 저렇게나 된다면. 만나고 헤어짐이 저리 호젓할 수 있다면. 사나운 다툼마다 새벽이슬 꽃이 피겠네. 쓰라린 이별마다 고운 낙엽 물이 들겠네.

할 수 있다면 남은 생은 듬성듬성. 갯바위 위에 얼룩 똥도 되고. 너럭바위 위 아무렇게나 걸터앉으며 자유! 멀리 떠가는 배 한 척에 이름 하나 터져라 불러보며 아, 자유! 마음에 새기고 싶은데.

사흘을 달려와도 벗지 못한 허울. '단 한 번'이란 고단한 생生의 부제마저 떼어버리고. 며칠만이라도 가르고 싶네 홀로 파르르 떨고 싶네.

제4부

어떤 시혼詩魂

어쩌다
이 먼 곳까지 왔을까
헤아림도 지쳐갈 땐

하얀 종이 한 장
뭉툭코
연필 한 자루

나를 그리지
태어나 생긴 대로
사랑하다 가자

사위지 않을
나의 혼불
알뜰한 한글을 펴고

밤새도록
웅얼웅얼
나 살던 곳 숨결을 따라

시를 쓰지
다짐을 하지
새롭게 하늘을 보지

마을 사람들 1

- 심안의 피리 소리, H 선생 -

살다가
쓸쓸한 마음 달랠 길 없을 때
막 떨어지려는
마른 잎새 하나에 달린 적막을 보듯.

그의 곁에 서면
심안心眼의 피리 소리 들린다
절망이란 새파란 소망의 음계일세
아픔 뒤에 깊어지는 진정함의 무게를 보게나.

부끄럽던 마음 다시금 열려서
세상 사는 거
생겨난 대로 한껏 살다가 가는 거지
뒤돌아 씨-익 웃게 되고.

할 수 있다면
나도
아프지 않게 아픔 부는 가슴을
울지 않고 우는 시詩를.

어디서나
그의 호흡을 꺼내 듣다 보면
안개 걷히듯 사라지는
백태白苔 낀 마음.

그의 소리는
은닉과 표출의 한 가운데를 옴켜쥔
직전直前의 고요
전심을 다해 살아온 사람의 음성.

마을 사람들 2

- 사랑의 부싯돌, Paul & Helen -

뿌리 없는 물풀 잎사귄 줄 알게 되었지요
내가 한 기도는
내가 산 나날은.

시를 썼지만
인식의 기치를 올리며
때론 비장한 표정도 지었지만.

소리 나는 구리와
울리는 꽹과리였음을 일깨워 준
그대들 가까이 십여 년.

그렇지요
시를 살아내지 못한 까닭은
빗장 단단했던 내 마음 탓.

은둔의 방房

속절없이 어두워져만 갈 때

찾아와 밝혀 주던 사랑의 부싯돌.

그대들을 만나면

밑동 없이 떠도는 하루에도

하늘 바람 소리가.

살아라

너도 그리 살아라

깨어져 피는 불씨 되라는 줄 알게 되었지요.

마을 사람들 3

-푸른 겨울 나비, Yuri -

1.
단번에 알 수 있었지. 그 또한 가엾은 목숨인 것을 차라
리 상처받기 원하는 맨살 밑바닥인 것을. 밖으론 처음
맞는 북구의 캄캄한 겨울. 두고 온 골목길 까닭 없이 서
러워지는데. 단박에 감겨 오던 낯익은 생살 냄새. 석화,
석화石花*. 잊지 못하지 그의 우묵한 손끝이 내밀던 시
한 편. 쏴-아 들려오던 오랜 생가슴 소리를.

2.
그는 동쪽에 나는 서쪽에, HWY 427 목울음을 껴안고
오래 마셨다. 진물조차 말라버린 입술로는 닿을 길이 없
어요. 청무우 밭 하늘하늘 날아가는 노란 나비. 아아,
비빌 데 없는 저 날개는 우리를 향해 던진 불안한 그물
이던가요? 단단한 거리 무정한 사람들 화려한 땅바람 속
으로 달려만 가고. 그는 동쪽에 나는 서쪽에, 죽은 나비
의 화신을 바라보며 오래 울었다.

3.

보이지 않아 눈 감았더니 수없는 꽃들의 눈물이 보이더라. 낯익은 필체 작은 봉투 하나. 그의 해당화를 받았지 마른 벽 위에 듬뿍 그려진 나비의 변신을. 나도 하늘 보며 슬며시 웃었어. 그러게 말이야, 마르지 않을 눈물 피리 꼭지를 훔쳤으니 죽기까지 불어야지. 나비야 나비야, 이리 날아오너라. 바람 민들레 부슬부슬 떠가는 오월의 병동을 한없이 걸었지.

4.

잊고 있었던 거야. 잃어버린 몽상들, 그걸 찾으러 예까지 걸어온 거네. 가을걷이 끝난 들판, 한 아름 옥수수를 싸주며 그가 말했지. 고맙네 아무렴 그래야지 그래야 살지. 여기서 찾지 못하면 저 건너, 그래 건너가자고. 어수룩한 눈빛 하나 켜 들고 바람처럼 나부끼며. 보이지 않아 볼 수 있던 하늘 궤적의 진동을 따라 참 그리운 그 눈물의 시원始原을 향해.

---

* 석화石花: Yuri의 시 제목

마을 사람들 4

-마르지 않는 소리채, Hanna Hong -

허공에 집을 짓는 건 구름뿐인 줄. 알았네, 그 손짓 보기 전에는. 허한 마음 물들이기는 가을 낙엽뿐인 줄. 알았지, 그 눈빛 알기 전에는.

아침마다 지어 올리는 새뜻한 타점打點은, 밤새워 길어낸 가녀린 그 손의 기도. 님의 발등을 닦아드리던 순전한 나드의 향 같아서.

송두리째 부어내는 헌신의 소릿결로. 다시 일으켜 세우네 어루만지네. 깨어진 사이마다 흩어진 마음마다. 소록소록 채워주네 새롭게 맺어주네.

온 맘을 다해 바친 고백의 음계여라. 살아 숨쉬는 오늘이 참 기쁨인 줄 감사인 줄. 아무것도 바라지 않고 생겨난 그대로 올려드리는.

소리 한 점 마음 한 점. 한밤을 하얗게 새기고 마름 지은, 음향音香 그윽한 옥합의 숨결. 그러네, 님의 아침을 빚는 마르지 않는 소리채. Hanna Hong!

5월에 쓰는 편지

글자 몇 톨에 꼬박 한밤을 떨구고. 이른 아침 달려온 낯
선 동네 커피 한잔. 참았던 울음이 터져 서럽게 마시는
데. 어쩌라고, 푹푹 익어가는 오월의 들판 저기 아지랑
이. 실성하라네 그대로 콱 죽고 확 살라 하네. 부르지 않
아도 다가와 몸 감는 그대는, 귀신들린 시詩 바람. 매달
려 머리 풀고 내 닫자는 거구나 이 봄엔. 보이지 않아도
꽃들을 호령하는 검은 흙 속의 숨을 따라. 나비 되어라
세상 눈물 길어 먹는 날개만 되어라. 혼자 울고 혼자 웃
으면 어때. 까마득한 벼랑 끝에 감도는 속살 깊은 간지
러움. 사람들은 모르지 모를 거야. 종일 혼잣말에 취하
는 이 황홀한 비상을. 비로소 보이는 무구無垢의 그림자
를. 뜯지 않은 생生의 문장들이 일제히 솟구치는 아침.
눈부셔라 그대는, 벌써 저만치 앞서가는 너울춤 바람.
숱한 비밀의 속내를 아우르며 피어오르는 한 줄의 시,
깊고 짧은 한 번의 탄식.

주문진에서의 하루

달이 뜨네 숨겨온 마음도 휘둥그레 떠오르네. 한 번도
잊은 적 없다고 버린 적 없다고. 너울지듯 흔들리네 하
얗게 파도 지네. 어느결에 왔다 간 또 저만치, 갔다 또
오고. 아무려나 한 마음을 버리기보단 한 생生을 허물기
로 했네. 바랄 게 무어냐고 휘영청 저리 밝으니. 오늘은
이 허름한 걸음도 생애 최고의 날처럼. 좋구나 없는 그
대로가 가득하게 좋구나. 너털웃음을 터뜨리며 부치지
못한 엽서도 가벼이 띄워 보내며. 파도만 되어라 홀로 더
푸른 시만 되어라. 기도하며 걷네 모래톱 달그림자를 따
라 하염없이 걸어보네.

(속) 우중청음雨中淸音

거리엔 낙엽을 재촉하는 늦가을 비바람. 한 번쯤은 이처럼 가릴 것 없이 흩뜨리는. 아픈 놈의 정신이거나 미친년의 사랑이거나. 돼야 했었는데 죽어도 그리 못하면 허튼 술김에라도. 품어야 했는데 백 년을 더 살아도 한 줄 남길 수 없을 거 같은. 허망한 마음에 추적추적 내리는 무정란의 빗줄기. 바랄 거 없는 마음에 복 있으라. 젖은 머리칼을 쓸어 올리며 냉소도 빚어보지만. 이젠 속지도 못하는 삶. 야살스러운 흉내는 그만 이제 그만. 턱없는 질투에 휘말려 쏟아냈던 시들아 안녕. 쓸려가는 이파리마다 퇴색한 비밀이라도 한 무늬 실어 보내고. 지난여름 수북했던 엄살도 은근슬쩍 흘려버리고. 이제 막 나선 듯이 하늘 한 번 훔쳐보곤 다시 또 걸어가는. 거리엔 이별을 부추기는 늦가을 비바람.

11월에 쓰는 편지

마시지 않고 바라보는 술은. 당신 같다 쓰다만 몇 줄의
시는. 꼭, 당신 같다 홀로 걷는 가을 숲 오솔길. 저벅저
벅 떨구는 마음마다 한 잎 두 잎 포개지는 눈빛. 얼마나
오래일지 모른 채 나는 떠나왔고. 이따금 생각한다 끝내
닿지 못할 회귀의 문턱을. 돌아올 수 없는 길이라면 더
멀리 떠나자 다짐이 일 때면. 막 탈고를 끝낸 시 한 편을
품고. 그냥 떤다 덜덜 떤다. 수줍은 연홍 꼭지 당신 같
아서. 바스락바스락 손 가득 마른 잎을 움켜쥐고. 묻는
다 잘 있느냐 평안하냐. 때론 자작나무 흰 언덕을 내려
가며. 휘파람도 분다 그냥 그러면 용서할 거 같아서. 꼭
꼭 눌러 쓰면 언젠가 전해질 거 같아서. 그러다 혼자 털
털 웃는다. 질척이는 마음 짓거리 가득한 날엔. 잠이 마
르니까 밤새워 마실 수 없는 술. 희부윰한 당신이 시처
럼 엉기니까 또 떠나야 하니까.

시 짓는 겨울

밤샘 뒤엔 진한 커피를 마시지. 마시다가 두꺼운 창을 열고 화—악 숨을 뱉으면. 무심한 하늘도 더는 참지 못하고. 허기진 정신에 펄펄 눈을 뿌려주지.

그늘진 삶에도 이따금 설레는 순간이 있더라. 으슬으슬한 마음 그대로 그윽이 바라보면. 지금처럼, 뜻하지 않은 저 꽃눈바람처럼. 지난 이별의 흐린 표정마다 화사한 꽃등이 켜질 거 같더라.

슬며시 마음이 뜨거워지면. 오래된 시집 한 귀퉁이, 꼬물꼬물 적어둔 쓸쓸함도 찾아내고. 벗지, 웃옷을 훌훌 벗으며. 컴퓨터 한구석에 곱게 개켜둔 곡曲을 꺼내지.

생기 차게 그러나 호들갑스럽진 않게. 크로매틱 하모니카의 숨소릴 따라 몸을 휘젓지. 사랑한다, 사랑한다, 사 랑 한 다. 겨울 채비 책더미를 허물며 방안을 휘돌다 보면.

죽지 않고 꼼틀대는 몸이란 얼마나 갸륵한 기도인가. 죽은 자들과의 지루한 담론은 인제 그만. 함께 훗부리던 목소리도 접으라고 버리라고. 책상 위에 쓰다만 시 하나가 움찔하지.

뉴튼브릭*의 겨울

종일 진눈깨비 내리고
뜯다 만 기타 울림통 속으로
생각 하나가 떨어진다

홀로 짓는 겨울의 절룩거림은
끊어진 무릎 인대靭帶 때문이 아니라는 걸
마음은 안다고

몇 번이고 쓰러져 본 시詩는 믿는다고
죽은 몸에는 신神도 내리지 않고
식은 몸에는 욕慾도 없다는 것을

어둡고 푸르던 빈방의 울림을 추억하며
G 마이너 아르페지오,
휘파람 한 줄기를 꺼낸다

아무리 핥아도 멈추지 않는 진물처럼

질척이는 목숨의

화등잔火燈盞

헐벗은 정신이 벗어놓은 절룩 몸의 흔적이

반쯤 들린 이부자리 가운데

낯익은 음계를 흩어 놓을 때

밖으론 산발한 겨울이 절렁절렁 떠나고

또 다른 이별을 앞둔 하루가

채워야 할 행간을 골똘히 바라본다

---

* 뉴튼브럭(Newtonbrook): 토론토 지명

(속) 겨울 광시곡

미친 눈 온다
시 쓰는 움막에도 한 무더기
뭉쳐 둔 생각 인다.

폭설이 오면
어떻게든 길 나설 까닭을 찾아내는
신통한 증후症候.

떠나온 만큼
또 가야 할 길이 있다고
마음 달뜬다.

진짜라면
저 하늘 울음만 진짜라면,
이대로 죽어도 좋아.

쓸 수 없는 밤이 오기 전에
홀로 거둘,
복된 목숨이어라.

외로워서 사무치게 그리워서
저도
하얗게 울어내는.

미친 눈, 따라간다
산발한 시 한 줄 움켜쥐고
우적우적 나선다.

꽃길

바람 따라 걷기 삼삼한/4월의 맑은 하룻날/앞서 걷는 아
내 뒷머리에 민들레 세송이 꽂아주고/나는 좋아라, 나
는 슬퍼라

너는 어쩌다가 내 색시가 되어/난 어쩌다 네 신랑이 되
어/오늘도 우리끼리 걷는구나/생각자면 금세 낯설고 막
연해지는 이 길

백 년을 걸어도 바람은 그냥 바람, 들판은 그냥 들판/흔
한 겨울시 한 편 내주지 않을/심심한 부부의 일상인 줄
알아서

오래 망설이다, 붙인 이름이 '당신의 꽃길'/폭 삭은 부부
산책로엔 터무니없는 호칭이지만/돈 드는 일도 아니고
푯말을 부칠 것도 아닌데, 뭘

사는 게 도무지 민망해질 때면/아내 손을 잡고 나서면서/꽃길이네, 여기가 꽃길일세/함께 있으니 이리 같이 걸으니/우리 걷는 지금이 천국일세

그렇게 읊고 나면 묘하게도 마음이 따뜻해져서/아내 손을 더 꼭 잡고 쉴 새 없이 도닥거리면서/이거 봐 여기 당신도 있고 꽃길도 열리고!

아버지처럼 앉아본 물가

바람 불고 딱히 할 일은 없지만/누가 부른 듯이 어디 갈 곳 있듯이/오늘은 스트리트카도 타고/젊은이들 몰려다니는 다운타운에서 커피도 마시고

내려 걷다가 또 걷다가/Ryerson Community Park, The G. Raymond Chang School of Education/물가에 자릴 잡고 앉아 품속의 수첩을 여니

부•모•형•제/빛바랜 흑백 사진 속에 또 바람이 이네/보기만 해도 이내 움칫대는 내 생애의 블랙홀/가운데 잘생기신 아버지

식구들 더불어 잔잔히 웃으시는데/그 옆에 어머니, 작은 누나와 동생 조르라니 앉아/입 쫑긋 뭐라 말하려 기웃대는데

어느새 내 나이, 그 아버지보다 많아/몸과 마음의 차이
는 벌써 알았고/어느 곳이든 앉으면 온종일

등허릴 더 깊이 우겨 앉고/사진 속의 아버지처럼/종일 한
곳을 바라보는데/아버진 그때 이미 아셨던 거 같아

아무리 살아도 멋쩍기만 한 나날/사•랑•한•다•사•랑•
한•다/사는 날까지 너도 그러다 오렴/말없이 사진 한 장
남기셨네

해설 심재휘(시인)

토마스라는 주소,
낮고 쓸쓸한 음성,
그리고 준태 형

1

이메일이 왔다. 보내는 이의 주소는 토마스였다. 메일을 열고 첨부된 파일을 뜨자 굵고 낮은 음성으로 시가 흘러 나왔다. 빠르지도 느리지도 않는 보폭이었다. 바로 그 김준태였다. 그와는 여러 번 만났지만 결국 세 번을 만났다고 해야겠다.

그날, 그는 제일 늦게 왔다. 봄날이었고 첫 만남이었다. 토론토 외곽의 한식당이었다. 핀치였나? 토담집은 분명했다. 모임의 다른 여섯은 맥주를 마셨다. 그는 혼자 술을 마시지 않았다. 나중에 알았지만 술을 좋아하되 안 마시는 것이었다. 토마스로 살아온 생애가 그리 만들었는지 시인으로 살아온 날들이 그리 했는지는 지금도 알지 못한다.

토론토를 떠나오던 날, 그를 공항에서 만났다. 그의 시제목에도 있듯이 피어슨 에어포트였다. 짐을 덜어내야 했던 그 곤란 속에서 우연이었는데도 예정된 배웅인 것처럼 그를 만났다. 그는 곤란을 풀어낼 줄 아는 사람이었다. 서두르지도 않고 매듭을 푸는 일이 그의 말투처럼 자연스러웠다. 누구나 안다. 난감 속에서 전달받는 뜻하지 않은 도움이 얼마나 고마운지를. 2008년 12월이었고 두 번째 만남이었다.

십 년이 흐르고 해가 지는 인사동에서 그를 만났다. 술을 마실 수 있었고 둘이 조금은 취했다. 그동안 겪어야할 삶이 있었을 테고 무엇보다 십 년이라는 세월이 무겁고 낡은 쪽으로 기울어져 왔고 우리는 조금씩 지쳐있었다. 어차피 지난날들은 살아내야 할 날들이어서 그 흠집들을 모르는 척하며 술을 마셨다. 이상하게도 진심으로 피곤하지 않았다. 나는 그때에도 그에게 형이라고 부르지는 않았다.

세 번째 만남 이후로 다시 그를 만난 적은 없다. 그런데 김준태가 런던으로 나를 찾아왔다. 몸이 없이 시만 왔다. 목소리만 왔다. 추억도 데리고 왔다. 그러니까 이 글은 비가 오는 런던의 다락방에서 쓴다. 서울이 아니라 런던에서 그의 시를 읽어야 하는 곡절을 설명하기에는 사는 일이 다 그렇다. 다만, 이 그리움을 대서양 건너 토론토까지 제대로 전달할 수 있을지 몰라 두렵다. 런던이어도 그곳은 너무 멀다.

2

두 번째 시집이다. 사실, 나는 그의 첫 번째 시집을 갖고 있지 않다. 읽지를 못하였다. 이 글은 그래서 어렵고 그래서 오히려 자유롭다. 그의 시를 읽을 때마다 해결해야 하는 또 하나의 난제는 자꾸 시 속에서 이명처럼 그의 목소리가 들린다는 것이다. 중저음의 적당히 느리고 꽤 쓸쓸한 그의 목소리는 시의 느낌을 강화하기도 하지만 볼록 거울처럼 시의 본 모습을 왜곡하기도 한다. 소리가 사라지기를 기다렸다.

선입견 없이 언어로만 읽어야 시를 제대로 읽을 수 있다. 좋은 시는 그 기호들이 어떤 목소리를 내준다. 김준태 시인의 낮은 목소리를 생각하며 시를 읽는 것과 시를 읽다가 필연적으로 어떤 목소리를 떠올리는 것은 별개다. 고통의 언어들은 꾸미지 않아도 그 목소리를 낼 줄 안다. 깊은 고통이 그 언어를 고를 수밖에 없고, 그 언어는 어떤 목소리를 낼 수밖에 없기 때문이다. 엉뚱한 말을 써놓고 그럴 듯하다고 여기는 시인들은 거짓말을 하는 시인들이다. 우리는 우리가 겪은 고통에 해당하는 최고의 언어를 찾지 못하더라도 엉뚱한 말이 그 말이 아니라는 것은 안다. 설령 써놓은 말이 아름답더라도 말이다. 그걸 모른다면 고통이 절실하지 않다는 뜻이다. 고통에 젖어서 고른 딱 하나의 말들은 비록 기호에 불과할지라도 읽을수록 눈물이 난다.

시집은 모두 4부로 구성되어 있다. 모두 예순다섯 편이다. 첫 시집과의 거리를 생각하면 그리 많은 시는 아니다. 아마도 시집의 맥락을 위하여 버린 시들도 있었겠다. 그 맥락을 따라가 보기로 한다.

그 헛간엔 여전한 눈빛 있었네
내 외로움의 맞은편
그만큼만 떨며 짓던 거미줄 한 폭 찾아와
좁은 틈새,
벌레 한 마리로 나는 울었네
갈 데 몰라 서성이는 내 어린 시들이여
마른 머리칼 버석거리며
나부낄 그 무엇을 위해
너희는 바람 앞에 흔들리는가
혀끝 타는 팻빛 아림도 없이
허전한 인식 속에 벌써 새벽은 오고
한 세월,
입 맞추던 어둠은 가릴 몸 없이 사라져 가는데
벗겨 낸 등껍질의 쓸쓸함이여
자기 허상虛像의 가운데를 쥐고
쓰러져 누운 전신주의 어디쯤
풀꽃 같은 내 쓰라린 명분은 있을까
쓰고 나면 더욱 외로운 시,
긴 더듬이 어둠 속을 찾아와 나는 울었네

– 〈시집 내던 날〉 전문

첫 시집과 관련이 있으리라. 비록, 그의 개인사와 연결하지 않는다하더라도 〈시집 내던 날〉을 읽으면 시에 대한 시인의 자세를 가늠할 수 있다. 그리고 독자의 물음은 이런 것이다. 왜 세상에 대해 이토록 겸손해야 하는가? 자신의 '시'에 대해 왜 이토록 연민의 눈을 가져야 하는가? 무릇, 모든 시인들은 시집을 내며, 특히 첫 시집을 내며 복잡다양한 마음을 갖는다. 기대와 흥분, 그리고 자랑스러움이 그렇고, 불안과 불만, 그리고 부끄러움이 그런 것이다. 시인 김준태에게 자신의 시들이 시집이라는 이름으로 세상과 만나는 현상이 즐거움이라기보다 외로움에 가까웠던 것으로 보인다. 시인의 위상에 대한 회의, 시적 자의식에 대한 불만, 고통을 감싸 안기에는 여전히 미심쩍은 마음들이 "어린 시들"에 대한 미안함과 쓸쓸함으로 나타난다.

특히, 눈길이 가는 것은 "외로움"이라는 단어다. 외로움은 시집 전반에 산재해 있어서 시들을 이해하는 일종의 키워드라 할만하다. 이 외로움을 이해하는 일은 "한 세월 입 맞추던 어둠"의 정체를 찾는 일이기도 하다.

내가 어디 있는가/어디 있는가/청설모 한 마리 지나간 흔적./내 안의 네가 말했다./시대의 유랑은 끝이 없으니/새로운 새로움이란 없다./탈색된 무채색을 호흡하고/두 손 가득 쥐어지지 않는/정표를 쥐고./있었던 것들의 행렬이 가끔/완전치 않은 시간 속에서 깨어 두리번거리는/몇 컷의 단절./몸이 웅크리고 있는 동안/공허한 정신이 하늘을 날기도 하는/작고 음습한 지붕 밑이구나./너도 몰래/숨겨 온 겨울 연가는 갈 곳이 없고/방향 없이 분산되는 이 그리움/이 괴로움./빗장 없는 고독이 깊어만 간다.

　　　　　　　　　　　－〈겨울 상수리 나무2〉 전문

　시에 언급된 "시대의 유랑"은 무엇일까? 이민의 삶이라고 미리 단정 지을 필요는 없다. 정처 없음과 떠돎은 목숨이 있는 한 우리 모두의 것이니까. 하지만 시인으로서의 그에게는 유랑하는 자의 정처와 정체를 찾는 일이 무엇보다도 중요한 일인 듯하다. 자식으로서 남편과 아버지로서, 그리고 시인으로서. 궁극적으로는 춥고 거친 생을 살아내야 하는 고독한 개인으로서 그의 질문은 지극히 고통스럽다. 이럴 때 "내가 어디에 있는가/어디 있는가"라는 질문은 '나는 누구인가?', '나는 무엇을 하고 있는가?'와 다르지 않다. 이 질문은 늘 시인의 몫이고 그는 이 과업에 충실한 시인이다. 그리고 답을 알아도 속수무책인 질문에는 반드시 살을 저미는 고독이 동반한다. 절망에 맞닿아 있는 그의 외로움과 그리움은 질문하는 자가 필연적으로 지닐 수밖에 없다. 그 결과 모든 시들의 배경을 이루는 외로움은 그의 시에 강한 색조와 목소리를 부여하게 되는 것이다.

배가 고프니/어두운 정신에 별이 뜬다./울 곳을 찾지 않고/통곡할 수 있는 마음 벌판./몇 줄의 겨울 시를 쓰다가/생각한다./나, 살아 무엇을 했나/나, 살아 무엇을 하나/신분의 수직 하강 끝에/헐렁해진 의식의 바지 한 벌./줄여 입고 나선 길이/오늘따라 멀다./참으로 살아는 보았던가/참으로 사랑은 해봤던가/게으른 휘파람./녹색 지붕 다락방 위로 첫눈 내리고/물을 길 없는 안부./빈방 하나가/소리 없이 겨울을 연다.

— 〈겨울 상수리 나무 1〉 전문

이 시에서 배고픔은 시에 관한 것이든, 사랑에 관한 것이든 모두가 자신의 삶에 대한 질타로 수렴된다. 그 막막함 속에서 "헐렁해진 의식의 바지 한 벌./줄여 입고 나선 길이/오늘따라 멀다"라는 표현은 압권이다. 배고픈 몸과 마음 위로 얼음처럼 빛나는 고독한 정신이 얼마나 명료하게 삶을 찌르는지 눈에 보이는 듯하다. 지독한 질문은 돌려 말하는 법이 없다. 대답 대신에 그는 풍경 하나를 그려낸다. 녹색 지붕 위로 내리는 첫눈과 겨울을 여는 빈방의 이미지는 시적 화자의 쓸쓸한 처지를 고즈넉한 그리움, 그로 인한 외로움으로 드러내기에 부족함이 없다. 이런 그에게 손님이 찾아왔던 듯하다.

몸이 가엾어지고 마음에 새싹이 나더군. 주변엔 직선 몇 가닥과 까칠한 곡선 조금이 전부였지만. 그랬네 그 창가에 선. 휘장 없는 기억에 마른 연필 끝을 갖다 대면. 꽂아 두고 온 그림자마다 푸시시 몸을 일으키고 나는 또 한 움큼. 시간의 갈기를 거머쥘 수 있었지. 허튼 술잔 같은 거 말고 좁다란 골목길 젖은 연민이나 회한 같은 거 말고. 가끔 꺼내보던 실성한 마음의 틈. 비상과 추락이 함께 쓰러지며 허물던 그 빈방의 육성을 따라. 키모* 칵테일을 부어어 침묵으로 무장한 인식의 육질에. 목덜미 긴 오후가 우물쭈물 옷을 벗고 눕기에 아예 속단추를 뜯어 버렸지. 돌아가지 말자 다시는 거죽만 남은 울음으로 살지 말자. 보이지 않는 숲속의 바람이 불었어. 온종일 옆구리에선 네모진 펌프가 세차게 울어옜어. 열린 혈관마다 말간 시냇물이 흘러가고 있더군. 끝없이 끝도 없이 쿨—럭쿨—럭.

* 키모(chemotherapy): 화학 요법

— 〈펌핑1-키모-〉 전문

우리의 정신은 위대하다. 역사를 만들고 현재를 만들었으니까. 그러나 정신보다 사실 몸이 더 위대하다. 아파본 사람은 누구나 안다. 그는 큰 병을 앓은 사람이다. 시 앞에서 굳이 이를 들쳐 낼 필요는 없겠으나 경험하지 않고는 이런 시가 써지지 않는다는 말을 하자니 별 수 없다. 가느다랗게 펄럭이는 희망의 커튼을 재끼고 수시로 말을 걸어오는 절망은 일반인들이 쉽게 겪어볼 일이 아니다. 물론, 시 안의 개인과 시 밖의 개인은 다르다. 시는 허구이고 삶은 현실이다. 그러나 절실하게 경험하지 않고, 곡진하게 느끼지 않고, 머리로 쓸 수 있는 좋은 시는 결단코 없다.

키모는 암환자들이 받는 치료의 일종이다. 약품을 혈관 속으로 흘려보내는 펌프질을 맑은 정신으로 지켜보아야 하는 시적 화자의 절박한 심경이 드러난다. 아니, 아름다운 절망이다. 창가, 연필, 그림자, 갈기, 술잔, 골목길, 빈방, 목덜미, 속단추 그리고 숲속의 바람으로 이어지는 이 현란한 이미지들은 착란의 효과를 일으키기도 하지만 "비상과 추락"의 혼돈을 잘 드러내는데 더 효과적이다. 그래서 비장한 다짐 끝에 느끼는 "보이지 않는 숲속의 바람"은 삶의 어떤 비의를 드러내는 상징이 된다. 죽음 앞에서의 삶은 얼마나 허약한가! 그래서 그는 "살긴 내가 살아왔는데 자꾸만 낯설다 이 삶이. 창유리에 붙여둔 그림엽서 하나가 툭 떨어진다. 달러 샵에서 사온 스카치테이프는 늘 저 모양."(《더딘 겨울 저녁》)이라고 말한다.

이런 그에게도 삶을 견디게 하는 힘이 있다. 가족이라는 불치의 병, 가족이라는 위대한 치료제!

어머니, 당신 우시던 그 정자나무가 생각나요. 여기는 집마다 뜨락 가득 아름드리. 그러나 그 등걸 휘감긴 얘기는 없지요. 부러 아프지는 않아서 하루 이틀 쓸쓸한 날만 참으면 다 괜찮아요. 다시 그림을 그릴 수 있을 것 같네요. 외봉 낚싯바늘에 하늘이 걸린, 어머니. 그 정자나무 가지위 초승달이 빛나요. 나는 갈기 하얀 늑대로 모두 삼킨 채, 이제 겨울로 가요. 청유리병 속 달빛 한 줌으로 깊어지는 숲속. 잠들러 간 눈, 흰 눈 찾아 당신한테 다가가지요. 개암나무 잎사귀 바스락 대면 사이사이 그림자로 눈물 솟는나의 어머니. 그러나 빛나는 추락은 언제나 더 높은 곳에있는 예감. 교교한 울음은 아직 이르지요. 여린 겨울 다부러지고 우뚝우뚝 칼바람 내 안에 눈 내리면 어머니. 곧추선 털끝마다 뜨거워 몸 뜨거워 허물 벗는, 그 정자나무아래쯤에 서 있을게요

– 〈그 정자나무가 생각나요〉 전문

"그 정자나무"와 "여기"는 꽤 거리가 있는 듯하다. 여기가 토론토일 가능성이 크지만 또 다른 장소여도 관계가 없다. 다만 "그 정자나무 아래"는 멀고 또 멀다는 것이다. 그곳과 이곳의 거리, 어머니와 나와의 거리, 그 시절과 지금의 거리는 어쩌면 회복이 안 되는 거리다. 그래서 "내 안에 눈 내리면 어머니(…) 그 정자나무 아래쯤에 서 있을게요"라는 약속은 가슴이 아프다. 이 그리움은 그러나 시적화자에게 일종의 건강한 슬픔을 준다. 다른 시들에서 보이는 날선 응시나 낮은 외침과는 다르다. 잃어버렸지만 행

복한 과거란 그런 것이다. 예감되는 추락과 울음 속에서도 정자나무는 사라지지 않기 때문이다.

꽃잎아, 가시넝쿨 거침없이 피어난/바르르 꽃잎아//거만한 유월의 태양도/차마 너를 탐치 못해/저녁노을엔 구름만 물들이다 지누나//벗겨도 벗겨도 지우지 못할/너, 살 깊은 생명의 아름다움이여/네 앞에 서면/아득히 스러지는 내 가슴이노니//그대는 오직 한 송이,/내 마지막 떨리는 장미로 피어라

— 〈아내를 위한 발라드〉 부분

건강하고/멋진 사내로 커 줘서 고맙다./넓은 땅/바람 싱싱한 이곳에서/더 '한빈漢彬' 되어라./너는/내 목숨 찬란해지는 흔들림의 중심./사랑한다/아들아.

— 〈아들 4〉 부분

아들과 아내/같이 있으니/되었다/종일토록 땀 흘려 일하니/되었다./마음의 향방/나침반을 잃으면/가자던/북쪽 바다, 바다 그 끝./내 마음에/내가 있으니/되었다 잘 되었다.

— 〈1주년〉 부분

김준태의 시들 중에서는 따뜻한 시들이다. 가족을 향한 이 지순한 애정이 그의 본 모습이 아닐까 생각하지만 돌아서면 그는 시인이다. 그는 참으로 알 수 없는 것들, 이를테면 '내가 머물 곳은 어디인가', '내가 해야 하는 일은 정작 무엇인가', 그리고 '죽음을 미루어 놓고 살아 내야할 생이란 과연 무엇인가' 등을 질문하는 자이다. 이 질문에는 답이 없어서, 아니 답이 정해져 있어서 지독한 외로움을 지불해야 한다. 시인으로서 그를 버티게 하는 것이 아내와 아들일지 모른다. 하지만 그의 시를 버티게 하는 것은 오히려 고독과 그리움이다.

나는 이 고백체의 시들이 때로는 낮게 때로는 거칠게 소리 내는 절망을 단순히 절망을 위한 절망이라고 부르고 싶지 않다. 그것은 시를 쓰고자 하는 의지와 살고자 하는 열망의 다른 이름이다. 그래서 그의 시들은 참 건강하다. 울음과 아픔이라고 쓰고 희망이라고 읽는다. 그 열망을 배우고 싶을 뿐이다. 다음의 시들을 보라.

생각을 하지/읽히지 않는 시를 나는 왜 쓰나/왜 살아내나/돌멩이 하나 냅다 지르지//(중략) 또, 기도를 하지/쓸 수 없는 밤이 오면/나는 없지/온 우주가 다 없는 거지

— 〈가스페 블루스 2〉 부분

파도 텅텅 울리는 바람 절벽에 서서. 오늘 나, 시를 쓰네 기도를 하네. 살자 다시 목놓아 펑펑 울자. 눈을 들어 바라보니 쪽빛 하늘, 검은 해안에 살포시 너울지고 있네

— 〈가스페 블루스 3〉 부분

할 수 있다면 남은 생은 듬성듬성. 갯바위 위에 얼룩 똥도 되고. 너럭바위 위 아무렇게나 걸터앉으며 자유! 멀리 떠가는 배 한 척에 이름 하나 터져라 불러보며 아, 자유! 마음에 새기고 싶은데.//사흘을 달려와도 벗지 못한 허울. '단한 번'이란 고단한 생生의 부제마저 떼어버리고. 며칠만이라도 가르고 싶네 홀로 파르르 떨고 싶네

— 〈가스페 블루스 4〉 부분

3

어찌 보면 시인 김준태의 시는 디아스포라의 시이다. 하지만 그렇게만 보면 그의 시의 품격을 제대로 이해하지 못한다. 디아스포라는 현상일 뿐이지 그의 시를 장악하는 이념이 아니다. 시는 궁극에는 사람을 향해 있을 뿐 시 쓰는 이가 어떤 사람인지, 어떤 곳의 사람인지는 중요하지 않다. 고통의 일부는 이민자이므로 발생하는 것이지만 고통에 대한 인식은 단지 외로움을 천직으로 삼고 살아가야 하는 우리 모두의 것이다. 사실, 인간은 모두 디아스포라 아닌가? 정처가 있다면 그건 죽음밖에 없다. 그의 생각도 그러하다. 그래서 그의 시들에는 피를 토하는 문장들이 많다. 이 글에서 소개하지 못한 시들이 많아 미안한 마음이다.

토론토는 내게는 애증이 있는 곳이다. 몸이 아파서 작정한 만큼 살지 못하고 떠나온 곳이지만 여전히 그곳이 그립다. 청명한 하늘과 햇살이 스미는 숲과 평온한 호수도 그립지만 우리가 함께 시를 읽고 술을 마시던 토담집의 날들이 그립고, 누구도 베낄 수 없는 그 낮은 음성이 그립고, 옅은 웃음으로 빚어 넘긴 그 댄디가 그립다. 그런데,

최근에 내게 온 전언은 다음과 같다. 뇌수술을 세 번이나 하고 시력이 돌아오기를 기다린다는 간단한 문장. 몸과

마음이 받아들이기에는 참 난해한 문장이다. 내게는 그냥 비문이다. 이런 문장은 참 못된 문장이고 귀에 담기에는 험한 욕설이다. 그러니,

준태 형, 제발이지 아프지 마시오. 내내 건강하시오.

아내를 위한 발라드

김준태 시 홍원표 곡